Nous remercions le ministère du Patrimoine canadien,
la SODEC et le Conseil des Arts du Canada
de l'aide accordée à notre programme de publication

Patrimoine   Canadian
canadien   Heritage

Le Conseil des Arts   The Canada Council
du Canada   for the arts
depuis 1957   since 1957

ainsi que le Gouvernement du Québec
– Programme de crédit d'impôt
pour l'édition de livres
– Gestion SODEC.

Illustration de la couverture
et illustrations intérieures:
Claude Thivierge

Couverture:
Conception Grafikar

Édition électronique:
Infographie DN

DANGER
LE
PHOTOCOPILLAGE
TUE LE LIVRE

À la folie !

COLLECTION
PAPILLON

Données de catalogage avant publication (Canada)

Tremblay, Dominique, 1961-

    À la folie!

    (Collection Papillon; 100)
    Pour les jeunes de 9 ans et plus.

    ISBN 2-89051-887-6

    I. Titre II. Collection: Collection Papillon (Éditions
    Pierre Tisseyre); 100.

PS8639.R45A62 2004   jC843'.6   C2004-940203-X
PS9639.R45A62 2004

À la folie !

roman

Dominique Tremblay

**ÉDITIONS
PIERRE TISSEYRE**

5757, rue Cypihot, Saint-Laurent (Québec) H4S 1R3
Téléphone : (514) 334-2690 – Télécopieur : (514) 334-8395
Courriel : ed.tisseyre@erpi.com

1

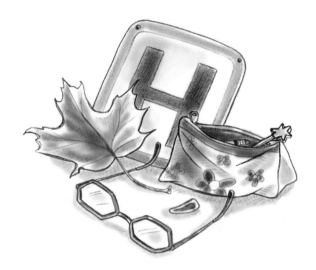

Une journée éprouvante

Dehors, les feuilles des vieux érables frissonnent. Je les vois à travers la grande fenêtre de notre salon. Peut-être bien qu'elles ont peur de l'automne qui approche. Sûrement.

Le début de l'année scolaire me met toujours un peu à l'envers. Bien sûr, revoir mes amies, après deux mois et demi, c'est super ! Mais réaliser que ma liberté s'est envolée me fait frissonner, moi aussi. Comme je comprends ces arbres !

— Marie, viens déjeuner ! crie ma mère, de la cuisine.

— J'arrive...

— À ton retour de l'école, je risque d'être absente. As-tu ta clé ?

— Je l'ai cachée dans mon étui à lunettes. Tu vas où ?

— À l'hôpital, avec ton père. Il ne se sent pas bien, ce matin.

— Papa n'est pas à son travail ? Qu'est-ce qu'il a ?

— Rien de grave. Jacques a besoin d'un peu de repos.

— Je peux aller l'embrasser ?

— Il s'est rendormi, Marie. Tu l'embrasseras ce soir, ton père adoré ! Pour l'instant, n'oublie pas ton lunch dans le réfrigérateur. Et tes lunettes, qui devraient être sur ton nez. Est-ce que tu veux un peu d'argent, au cas où ?

— Maman, je suis assez grande pour penser à «mes affaires». Par contre, je trouve ton idée d'argent assez intéressante. On ne sait jamais...

Le chemin de l'école est toujours aussi prévisible. Je longe une avenue bordée d'immeubles sans balcons, j'arrive à une intersection où gesticule un brigadier scolaire sans un poil sur le crâne. Sarah m'attend de l'autre côté de la rue, devant le dépanneur Chez Maurice. C'est ma meilleure amie, Sarah. Pourtant, nous sommes si différentes ! Je suis brune, elle est rousse. Je suis grande, elle est petite. Mes cheveux sont longs, les siens courts. Ses yeux sont bleu clair, les miens brun foncé. Je suis enfant unique, elle a trois sœurs. Sarah adore l'école, les mathématiques, les sciences, les cours de piano et les oiseaux. Pas moi. Sa perruche me tombe sur les nerfs, j'aime la musique rock, je suis nulle en maths et je déteste l'école. Pendant les récréations, j'ai souvent peur qu'un ballon perdu m'assomme, ou qu'un petit morveux me fasse un croc-en-jambe...

— Salut, Marie! Encore dans la lune?

— Ouf! Contente de te voir, Sarah.

— On dirait que tu viens de voir un fantôme. Es-tu malade?

— Tu m'encourages... Je suis juste allergique à la première journée d'école.

— Es-tu folle? C'est le plus beau jour de l'année!

— Arrête! C'est le plus écœurant.

— De toute façon, on n'a pas le choix d'y aller, alors dépêche-toi un peu! J'ai hâte de voir la tête de nos nouveaux profs.

Malheureusement, la fille que je déteste le plus, Édith, est encore là cette année, souriante et toute bronzée. Une première de classe, blonde, mince, toujours bien habillée. L'enfer! Les gars tournent autour d'elle en faisant des niaiseries. Ils me font penser à une meute de macaques échappés de la jungle, qui viennent d'apercevoir une guenon. Et il faut que je l'endure dans ma classe... C'est presque aussi épouvantable que d'aller dans une colonie de vacances.

— Marie! La cloche a sonné, es-tu sourde?

— Déjà! On vient d'arriver.

— Chut! La directrice est sur le perron.

— S'il te plaît, Sarah, arrête de te prendre pour ma mère...

L'odeur rassurante des livres, dans la classe de sixième, chasse ma mauvaise humeur. De plus, j'ai la chance d'être assise près d'une fenêtre, avec vue sur trois gros érables qui semblent bien se moquer de la rentrée. Par contre, notre nouvelle prof a une drôle de tête, genre œuf allongé. Ses minuscules yeux de souris sont plus noirs que le tableau. Mais sa voix chaude et invitante nous hypnotise tous sur-le-champ.

— Bienvenue à tout le monde. Mon nom est Anik Boudreau. Nous allons commencer, ce matin, par un petit exercice, dont le but est de mieux vous connaître en début d'année. Ne soyez pas effrayés, il n'y aura pas de note pour cet oral. Il s'agit simplement de nous faire un court exposé relatant ce que vous avez fait pendant vos vacances. Bon, un ou une volontaire pour venir en avant?... Non? Alors, je choisis un nom au hasard

sur ma liste. Marie Bouchard, voudrais-tu venir nous raconter tes vacances?

Je voudrais mourir, là, tout de suite. Mon cœur s'affole. Mes jambes sont raides comme des bâtons. J'ai juste le temps d'apercevoir les yeux doux de Sarah qui m'encouragent. Le sourire pincé d'Édith, lui, me paralyse. Je me tourne prudemment face aux élèves, pour amortir le choc. Puis, sans que j'en aie vraiment conscience, les mots sortent de ma bouche en version améliorée. Je parle de la « merveilleuse » colonie de vacances qui m'a accueillie pendant trois semaines, des journées « féeriques », des souvenirs « impérissables », bref, tout le contraire de ce que je pense. J'ai trouvé mon été nul, et je ne veux plus jamais mettre les pieds dans une colonie de vacances.

— Merci, Marie, c'était très bien. Alexandre, veux-tu venir en avant, s'il te plaît?

Ouf! Quel soulagement quand on peut retourner à son pupitre! Mon amie Sarah me regarde avec un drôle d'air, sûrement étonnée de mes mensonges à propos de la fameuse colonie de vacances. Le regard surpris d'Édith, lui, me procure une telle sensation de victoire que je n'ai aucun remords. À bien y penser, un exposé oral, ce n'est pas la fin du monde. Et quel plaisir d'écouter les autres élèves quand on est débarrassé de ce supplice!

Révélation
troublante

Pour notre deuxième cours, l'anglais, nous changeons de classe. Je me retrouve assise en face du professeur, un nouveau, lui aussi. Tout un prof! On dirait que les énormes boutons qui lui dévorent le visage vont éclater. Comme les boutons de son veston trop serré! Sa

cravate brune, à pois, a l'air aussi insi-
gnifiante que lui. Mais le pire, vraiment
le pire, c'est sa voix : un vrai curé ! J'essaie de me concentrer sur tous ces mots
à la prononciation singulière, ces conju-
gaisons pêle-mêle, ces verbes irréguliers...
Après vingt minutes de supplice, j'abandonne. Je me réfugie dans le merveilleux
monde des rêves...

— Voudrais-tu me passer ta gomme
à effacer, s'il te plaît ?

Je fais un saut ! Je passe ma gomme
à moitié rongée au garçon assis à côté
de moi. Ses yeux verts cherchent les
miens. Sans savoir pourquoi, je baisse
la tête en rougissant.

— Tiens, merci ! me dit-il tout bas
en me la rendant.

— De rien.

De rien ! Je n'ose même pas le re-
garder en prononçant ces mots cuculs.
Je fixe bêtement les fentes, entre les
planches, sur mon pupitre. De plus, j'ai
un bizarre chatouillement dans le ventre.
Une sensation étrange qui me suit
jusqu'à la fin des cours.

— Marie, as-tu un parapluie dans
ta case ?

— ...

— Marie?

— Hein! Quoi?

— Je commence à être tannée de parler pour rien. Allume!

— Excuse-moi, Sarah. Je suis préoccupée. Je pensais à mon père, à...

Le gars de ma classe est là, devant nous. Beau et, heureuse surprise, plus grand que moi. Ses yeux vifs ont trouvé les miens. Avec un sourire moqueur, il me dit:

— Salut, à demain!

Je bafouille la même chose en le regardant partir. Sarah est crampée.

— Arrête de rire, niaiseuse, il va t'entendre.

— Marie, si tu te voyais la tête. Tu es rouge comme une tomate!

La pluie nous attend dehors. Sarah pose son sac à dos rose fluo sur sa tête rousse. Elle rit encore. Je finis par pouffer, moi aussi. Je l'aime bien, mon amie Sarah.

Mes parents ne sont pas à la maison. D'habitude, j'adore être toute seule.

Pas aujourd'hui. Je regarde dans le frigo, à la recherche de quelque chose à grignoter, puis je me traîne jusqu'à ma chambre. Bien installée sur mon lit, avec trois oreillers et ma chienne Fanny, je feuillette une revue dont le sujet m'intéresse particulièrement aujourd'hui : «Comment avoir un look d'enfer pour la rentrée scolaire?» Après quelques pages, et un peu découragée, je me dis que la meilleure chose à faire, c'est encore d'appeler ma meilleure amie.

— Allô! Sarah, c'est moi.

— Tu t'ennuies déjà?

— Mes parents ne sont pas encore rentrés.

— Marie, les rendez-vous à l'hôpital, c'est toujours longs.

— Je sais bien...

— Es-tu redescendue sur terre?

— Comment ça?

— Marie, tu me fais rire. Tu aurais dû te voir la face en sortant de la classe d'anglais!

— J'ai juste dit que le nouveau, à côté de moi, avait de beaux yeux. C'est pas la fin du monde.

— Quand il t'a dit salut, près des casiers, tu étais super drôle.

— Sarah, j'entends mes parents qui arrivent. Je te laisse.

— OK! Bye!

Ma mère est seule dans l'entrée, sans dire un mot. Pourtant, d'habitude, elle parle sans arrêt.

— Maman, ça va?

— Ils ont gardé ton père à l'hôpital.

Je ne sais pas quoi dire. Je me mords les lèvres en la regardant avec de grands yeux étonnés.

— Les médecins vont lui faire passer des examens cette semaine.

— Pourquoi? Qu'est-ce qui se passe?

— C'est un peu difficile à expliquer...

— Je suis assez grande pour comprendre!

— Tu sais que Jacques travaille beaucoup, beaucoup trop! Il se sent seulement très fatigué.

— Tu me jures que ce n'est rien de grave, comme un cancer? Je vais l'appeler pour l'encourager OK!

— Pas avant la fin de la semaine, Marie. Ton père a besoin de repos. Moi aussi, je suis très fatiguée. On en reparlera plus tard...

La soirée s'annonce mortelle. Mon père me manque. Ma mère parle au téléphone, un verre de bière à la main. Parfois, elle chuchote des mots que je ne comprends pas. À un moment donné, je l'entends même pleurer. Dans l'obscurité de ma chambre, cachée sous ma douillette violette, j'imagine mille et une choses en serrant mon hippopotame en peluche contre moi. Ma chienne Fanny, au pied du lit, ronfle déjà. Je finis par m'endormir, moi aussi, en rêvant au garçon de ma classe et à ses grands yeux verts, tendres comme l'herbe après la pluie…

Le lendemain matin, dans la cour d'école, Sarah surveille les gars qui arrivent. Elle a hâte de revoir celui qui m'a mise tout à l'envers. Moi aussi. Mais c'est plutôt Édith qui s'approche de nous, avec son maudit sourire hypocrite.

— Bonjour, Marie, heu…

— Qu'est-ce que tu veux?

— Je voulais juste te dire, pour ton père…

— Mon père! De quoi tu te mêles, Édith Lamoureux?

— Ma mère est infirmière. Elle s'est occupée de lui, hier soir. Ce n'est pas drôle d'être soigné dans un hôpital pour les fous.

— Hein?

— Louis-Hippolyte-Lafontaine, tu ne connais pas ça? Pourtant, c'est le plus grand hôpital psychiatrique de la ville.

J'aurais aimé que mes yeux tirent des flèches. À la place, deux grosses larmes traversent mes lunettes. Je sens la main de Sarah sur mon épaule. Édith recule, fière de son coup. J'entends à peine la voix consolante de mon amie.

Les cris des élèves qui jouent résonnent dans mes oreilles. La cloche sonne. Je ne veux pas l'entendre.

— Viens, Marie, on rentre.

— Pourquoi ma mère ne m'a rien dit ?

— Arrête de pleurer ! Tu connais Édith, une vraie vipère.

— J'ai besoin d'air… Sarah, dis au prof que je vais être en retard.

— Tu vas où ?

— Au parc, respirer.

La tête me tourne, j'ai mal au cœur. Je m'assois sur un banc, plein de graffitis.

— Ça va ?

À travers mes lunettes toutes sales, je regarde autour de moi. Le nouveau de ma classe est derrière mon banc. Mais je m'en fiche, j'ai trop de peine…

3

L'inquiétante
odyssée

Je renifle tellement fort que mes épaules font des vagues. J'ai l'air d'une vraie folle. De plus, je n'ai pas de mouchoir.

— Pourquoi tu pleures?

— ...

— Je peux m'asseoir?

— Le banc est à tout le monde.

Il s'assoit près de moi, un peu trop collé à mon goût. Je peux même plus pleurer en paix.

— Est-ce que je peux t'aider?

— J'ai l'habitude de me débrouiller toute seule.

— Je sais.

— Comment peux-tu le savoir, on ne se connaît même pas!

— Je sais que tu t'appelles Marie. Moi, c'est David, David Laforest.

— Bon, David, tu es bien gentil, mais laisse-moi tranquille.

— Marie, j'ai tout entendu quand la grande blonde t'a parlé de ton père. Une vraie conne, cette fille-là!

— De toute façon, avec elle, toute l'école va être au courant.

Sans m'en rendre compte, mes tremblements se sont calmés. Il ne reste plus que les traces de quelques larmes séchées sur mes lunettes trop épaisses. Et un goût amer dans ma bouche.

— Marie, pourquoi ne vas-tu pas voir ton père à l'hôpital? Tu pourrais lui parler, ça te rassurerait.

— Ma mère m'a dit qu'on irait dimanche. Ou peut-être samedi.

En parlant de ma mère, je lui en veux tellement, à celle-là! Mon père dans un hôpital pour les fous! Pourquoi ne m'a-t-elle rien dit?

— Marie, je suis certain que ce n'est pas grave.

— On voit bien qu'il ne s'agit pas de ton père!

— Je n'ai jamais connu le mien.

— Je suis désolée, David.

— Bon, on arrête de s'en faire... puis on y va!

— Où?

— À l'hôpital, voir ton père. Tiens, j'ai des tickets d'autobus. Prends-en un.

— Es-tu fou? Et l'école? Je n'ai jamais fait l'école buissonnière de ma vie, même pas en rêve.

— Dis-toi que c'est pour une bonne cause.

David me regarde gentiment. Il se lève et me tend la main. Sans trop savoir pourquoi, je me sens prête à le suivre jusqu'au bout du monde.

Une longue allée, bordée de peupliers, mène à la porte d'entrée principale de l'hôpital gris. Tout est si immense! Comme la crainte qui s'empare rapidement de moi! Et si mon père était devenu vraiment fou? Qu'il ricane sans arrêt! Ou bien qu'il ne sache plus qui il est et qui je suis! Que son regard soit vide! Et que sa maladie mentale soit incurable! De plus, quand ma mère va apprendre que j'ai séché l'école…

— Marie, tu vois le gardien de sécurité, en haut des escaliers?

— Tu parles du géant à moustache devant la grande porte?

— Oui. Va lui demander si tu peux voir ton père.

— Toute seule?

— Je suis certain que tes chances seront meilleures si tu y vas sans moi.

— Facile à dire…

— Essaie d'être «cool»! Je vais t'attendre derrière le gros buisson rouge, à gauche.

Et le valeureux David me laisse là, en plein milieu de l'allée. Tu parles d'un ami! Il s'est peut-être même sauvé, le lâche! Je déteste me sentir comme une vieille chaussette que l'on jette. J'ai l'impression que la terre entière m'a abandonnée. Et ce fichu escalier qu'il faut que je grimpe sans lui. Seule avec ma gêne, cette détestable sensation qui m'empoisonne souvent la vie.

— Bonjour, monsieur, heu...

— Est-ce que je peux t'aider?

— J'aimerais voir mon père.

— Il travaille ici?

— Non, il est venu avec ma mère hier matin et il est resté ici pour des tests.

— Désolé, mais ce n'est pas l'heure des visites.

— Je voudrais lui parler, juste deux minutes!

— Impossible, le règlement est très strict.

Je redescends l'escalier avec une énorme boule dans la gorge. Et un seul objectif: retourner immédiatement à l'école. David surgit à mes côtés.

— Marie, attends-moi! Écoute-moi, une seconde!

— Tiens! Le courageux chevalier sort de sa cachette.

— Marie, relaxe!

— Je n'ai pas de temps à perdre, j'ai un autobus à prendre.

— Mon deuxième plan va fonctionner.

— David, je suis déjà tout à l'envers. Mon père est ici, malade, interné chez les aliénés ! Si tu penses que j'ai le goût de me faire niaiser en plus…

— Marie, laisse-moi au moins t'expliquer mon plan. Après, tu t'en iras si tu n'es pas convaincue.

J'ai envie de courir comme une folle jusqu'à l'arrêt d'autobus. Ma tête est déjà pleine d'excuses valables à offrir à la directrice de l'école. Pourtant, je reste devant ce garçon que je connais à peine, envoûtée par ses fichus yeux verts qui m'invitent à passer à l'action. À la désobéissance aussi. Mais, surtout, à l'espoir de serrer mon père dans mes bras tellement fort qu'il en serait guéri d'un seul coup.

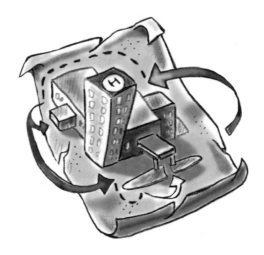

4

Une quête
stressante

— **M**arie, prends-moi la main. Essaie d'avoir l'air un peu plus douce. Amoureuse, quoi!

— Ouais! Oublie ça!

— Deux jeunes amoureux qui se promènent tranquillement, ça éveille moins l'attention qu'une fille presque hystérique.

— Hystérique, moi?

31

— Pas encore... Viens, on va suivre le sentier vers la gauche. Il contourne le bâtiment principal.

Sa main est froide, la mienne trop chaude. C'est la première fois que je tiens la main d'un garçon, à part celle de mon père ou celle de mon petit cousin Carl. J'aurais cru qu'un grand frisson m'électriserait, comme aurait dit ma mère. Rien. Ma pile doit être en panne.

— Si je me souviens bien, la porte pour la livraison des marchandises se trouve à droite, derrière la deuxième aile de l'hôpital.

— Tu es déjà venu ici?

— Un de mes oncles travaillait aux cuisines. Il m'avait emmené avec lui, un samedi après-midi, pour récupérer je ne sais quoi dans son casier.

— Très impressionnant. Mais ça nous mène où?

— Je connais le truc pour entrer. Les livreurs cognent trois coups à la porte, assez fort pour que le préposé les entende.

— Et après?

— On va faire comme eux. Reste derrière ce camion.

— Es-tu fou?

Je n'ai même pas le temps de devenir hystérique. David s'avance, frappe trois coups sur une grande porte de métal grise où le mot livraison semble fraîchement peint en vert pomme. Puis il détale aussi vite qu'un chevreuil, s'accroupit à côté de moi et me fait signe de me taire. Facile à dire.

— Baisse-toi, Marie !

La porte s'ouvre. Un homme habillé tout en blanc apparaît. Il regarde à droite, puis à gauche. Il hausse les épaules, rajuste le ridicule bonnet qu'il a sur la tête, crache par terre et retourne à l'intérieur. La porte automatique se referme lentement, engourdie par de nombreuses années de bons et loyaux services. D'un bond prodigieux, David surgit de notre cachette, s'élance vers la porte et étire la jambe jusqu'à ce que son pied la bloque. Il se retourne vers moi, la main sur la poignée et le regard triomphant. Il a réussi.

Des frigos gigantesques occupent les murs de presque toute la pièce. Au fond, un grand comptoir de métal gris brille autant que le plancher marbré. Il y a plusieurs portes dans cette pièce mais aucune fenêtre. Est-ce qu'on est dans une cuisine ou dans une morgue?

— Antonio! Les boîtes de ketchup, tu les as mises où?

C'est fou ce qu'une question innocente, surgie de nulle part, peut vous glacer d'effroi.

— Antonio!

Pas le temps d'analyser d'où vient ce beuglement que, déjà, nous volons vers

la cachette la plus proche. Nous essayons de disparaître derrière une grande étagère, remplie de boîtes de jus de tomate.

— J'arrive !

Le bruit de deux paires de pieds qui se rencontrent écorche nos oreilles. Et ce piétinement s'amplifie dangereusement à mesure que les deux hommes s'avancent dans la pièce.

— J'attends justement une livraison de vingt caisses, Luc.

— Quand ?

— D'un moment à l'autre.

Trois coups à la porte, trois coups secs. Je sursaute et manque de crier. David me regarde, l'œil moqueur. Je le déteste.

— Les caisses, on les met où ?

— Là, devant les étagères de jus de tomate. Antonio, tu m'aides à les déballer, ces boîtes ?

— Pas de problème, Luc ! Mais pas avant notre petite pause syndicale.

— OK, une seconde ! Je signe le bordereau de ce monsieur et je te suis.

Les caisses continuent à s'empiler devant mes yeux horrifiés. J'ai beau me faire toute petite derrière l'étagère et ne pas distinguer grand-chose, je suis certaine que, d'un instant à l'autre, une grosse voix va nous dire : « Aïe, vous deux, qu'est-ce que vous faites là ? » Mais, heureusement, c'est le grincement de la porte automatique que j'entends. Gentille porte qui laisse passer le livreur, et qui permet à un léger courant d'air de s'engouffrer sous mon chandail en sueur. David étouffe son fou rire à deux mains quand nous entendons s'éloigner les préposés aux stocks. Je me redresse, les fesses en compote. Et franchement, je n'ai pas envie de rire.

— Viens, Marie ! Il faut sortir d'ici au plus vite.

— C'est ce que je me disais.

— Non ! Pas vers la porte de dehors !

— David, j'ai vraiment, vraiment... la trouille.

Voilà ! L'aveu suprême de ma lâcheté m'a échappé. Tout à coup, je réalise que nous sommes dans un hôpital psychiatrique. PAS DANS UN HÔPITAL ORDINAIRE ! C'est un asile géant qui domine notre quartier depuis de nombreuses années, mais que je n'ai jamais eu l'occasion d'approcher. Mon grand-père, décédé l'année dernière, aimait bien raconter des histoires et il nous en parlait parfois. Sur le perron de l'église, le dimanche matin, il entendait quelquefois des gens rapporter des anecdotes à propos de cet hôpital qui s'appelait autrefois « Saint-Jean-de-Dieu ». Mais ses sources les plus fiables provenaient de son ami, Léo Bluteau. Ce monsieur avait travaillé pendant trente ans à l'hôpital, comme préposé à l'entretien ménager, et il aimait bien jaser avec mon grand-père, un verre de gin chaud à la main. Alors, au cours de nos rencontres familiales, mon grand-père, d'un ton grave, sortait de sa mémoire d'éléphant toutes sortes d'anecdotes incroyables. Il décrivait le malheur de ceux qui avaient été internés dans cet asile, sans raison, et qui avaient fini par devenir vraiment fous. Des fous dangereux qui se transformaient en fantômes vengeurs. Beau mélange ! D'autres, à cause de leur apparence bestiale, semblables à des animaux déformés, se terraient dans les nombreux souterrains de l'hôpital, sans jamais sortir. Mon aïeul racontait même que certaines infirmières religieuses, devenues très vieilles, se prenaient pour des

sorcières. De méchantes sorcières canni-
bales. Je sais bien que mon grand-père
aimait fabuler, exagérer. Mais, quand
même, me retrouver dans ces murs n'a
rien de rassurant...

— Marie, si tu restes plantée là
comme une statue, c'est sûr que les préposés vont revenir et nous flanquer dehors.

— David, penses-tu que les sorcières
existent?

— Tu veux parler de celles qui habi-
tent ici et qui mangent les gens?

— Qui t'a raconté ça?

— J'ai même entendu dire que les
plus gourmandes raffolaient des jeunes
filles aux cheveux bruns. Elles auraient
un bon goût de chocolat.

— Niaiseux!

David saisit de nouveau ma main et
m'entraîne avec lui dans un escalier. Sa
peau glacée me fait frissonner davantage.
Mais je le suis, tout en sachant que je
ne devrais pas.

5

Dans l'antre
de la démence

Nous nous retrouvons dans un couloir beige fade, exagérément large et très long. Quelques personnes, habillées de blouses blanches, marchent la tête froide. Leurs yeux hautains regardent au loin, au-delà des murs. D'autres, vêtues de mille et une couleurs, flânent, le regard brillant. Deux mondes qui se côtoient, sans se rejoindre.

— Il doit bien avoir une intersection quelque part, avec des indications.

— Regarde, David! Là-bas, à gauche, une cafétéria.

— Un bon point pour toi, Marie. Viens!

— Mon Dieu, as-tu vu la femme avec la robe mauve? Son rouge à lèvres déborde de partout. On dirait un clown!

— Marie...

— Salut, les jeunes! Avez-vous une cigarette? Une cigarette? Une cigarette?

David et moi stoppons net. Derrière nous, un homme s'approche. Il nous tend sa main toute plissée, dans l'attente d'une cigarette. Je ne peux m'empêcher de fixer ses oreilles. Elles sont immenses, pleines d'affreux poils jaunâtres. On dirait les oreilles de Dumbo l'éléphant, dans le film de Walt Disney. David lit dans mes pensées. Il me regarde, les sourcils froncés, puis répond au vieil homme:

— Désolé, monsieur, on ne fume pas.

— Vous auriez pas vingt-cinq cents?

— Même pas!

Nous reprenons notre quête. Je me sens mal à l'aise, car l'inconnu nous suit. Que veut-il, ce vieux monsieur? Et si c'était autre chose que notre menue monnaie ou des cigarettes? Peut-être entend-il des voix qui lui ordonnent de nous égorger! Il peut aussi cacher, dans sa poche de pantalon usé, une seringue souillée qu'il va utiliser pour nous piquer. Il faut que je me calme. Ce vieillard n'a pas du tout un profil d'assassin. Mais, prudence, on ne sait jamais!

— Juste une petite cigarette, cigarette, cigarette.

— On n'a pas de cigarette!

À l'approche d'un carrefour, une forte odeur de graisse nous arrête. C'est un mélange de vieille friture et de poissons panés qui déborde de la cafétéria, à quelques mètres de nous. Dégueulasse! Juste à ce moment, un homme en uniforme en sort. Un géant moustachu. C'est lui! Le gardien de sécurité de l'entrée!

— Sauve qui peut, David! C'est le gardien!

— Vous auriez pas vingt-cinq sous?

— Non! Est-ce qu'il t'a reconnue, Marie?

— Je connais une bonne cachette, si vous me donnez une cigarette, cigarette, cigarette...

Le gardien géant nous a vus et il se dirige rapidement vers nous. Il n'a pas l'air content du tout. Le patient aux grandes oreilles, lui, nous sourit. Ses dents, enfin celles qui lui restent, sont presque toutes brunes. Mais il semble gentil. Plus que le gardien en tout cas.

— Suivez-moi, les jeunes. On va rire...

Le vieux patient bifurque vers la droite, pousse une porte et descend rapidement l'escalier. Il est vraiment très en forme pour son âge. En fait, j'ignore son âge. Mais avec sa tête toute blanche, son dos voûté et ses oreilles à poils jaunes... je lui donnerais au moins cent ans. Minimum.

— J'habite dans les salles du fond, au troisième étage. C'est plus long d'y aller par les sous-sols, mais il y a davantage d'endroits où se cacher. Vous auriez pas une cigarette, cigarette, cigarette?

D'énormes tuyaux courent au plafond et de détestables bourdonnements de moteurs nous agressent. Toujours pas de fenêtres. Et des bruits de pas nous parviennent, droit devant! C'est sûrement un monstre défiguré qui va m'effrayer. Ou encore une horrible sorcière,

attirée par l'odeur de chair fraîche. Au secours! Cette fois, c'est moi qui saisis la main de David. Au diable, ma fierté! Les pas devant nous se rapprochent. Mais derrière, c'est la grosse voix du géant qui me glace:

— Hé, les jeunes! Arrêtez-vous tout de suite!

Vif comme l'éclair, le vieillard tourne à gauche. Il pousse une porte devant lui. Nous le suivons comme des chiots apeurés. Des toilettes! Pas besoin d'être Einstein pour déduire que notre seule chance d'échapper au géant, c'est de grimper sur une cuvette, en petit bonhomme et en silence. Mais horreur! La respiration rauque du vieux monsieur est aussi discrète qu'une locomotive en marche. De plus, il ricane tout seul. On est cuits!

— Vous auriez pas une cigarette, cigarette, cigarette?

— Chut!

Je commence à avoir vraiment envie de faire pipi. Mais je dois me retenir, me concentrer sur les nombreuses inscriptions gravées devant moi, sur la porte. Et impossible d'uriner en sachant David dans la cabine d'à côté!

6

Le paradis
d'Armand

Après d'interminables minutes, aucun signe de vie du géant à moustache.
Nous suivons donc le vieil homme en
direction des urgences. Une infinité de
couloirs sans fin, des escaliers éclairés
par des ampoules blêmes, des centaines

de portes intrigantes. L'hôpital est immense! Heureusement, je n'ai pas encore rencontré de monstres. Ni de sorcières. Bien sûr, nous croisons des gens bizarres. On entend des marmonnements incompréhensibles, des cris saugrenus, des invocations délirantes et des mots grossiers. Un peu comme dans le métro, tard le soir. Mais je commence à m'habituer à l'ambiance. Et enfin, je vais voir mon père!

— Les jeunes, on est arrivés!

— Excusez-moi, monsieur, mais l'urgence, vous êtes certain que c'est ici?

— L'urgence? Bien sûr que non, ma belle. Nous sommes devant la salle 354. Ma résidence personnelle.

— Quoi?

— Venez, je vais vous présenter mes vieux amis. Je m'appelle Armand. Et, par hasard, vous auriez pas une petite cigarette, cigarette, cigarette?

— !!!

— Marie, Armand voulait bien faire. Il nous a quand même aidés!

— J'admire ton calme exemplaire, mon cher David, mais tu commences à me faire...

— Vous venez ? C'est tellement rare, la visite !

— C'est justement notre problème numéro un, l'heure des visites !

— Marie veut dire qu'on est vraiment désolés, Armand. Ce sera pour une autre fois...

— David ! Chut !

Et voilà encore des pas qui se rapprochent. Avec le bruit d'un énorme trousseau de clés qui tinte sans relâche. Un préposé pressé ? Une infirmière autoritaire ? Un docteur sans cœur ? Pire ! Un surveillant malveillant ? Armand, le sourire en coin, vole à notre rescousse. Il nous montre deux paniers à linges sales, à moitié vides, près de la porte 354. Pas le choix, il faut faire vite !

— Hé ! Salut, Armand ! Veux-tu que je t'ouvre la porte ?

— Heu !

— Donne-moi un coup de main ! Il faut que je rentre ces paniers à l'intérieur, on n'a même pas fini de changer les lits.

— OK, monsieur Réal.

— De toute façon, je me demande bien qui les a laissés ici, dans le corridor...

— Vous auriez pas une cigarette, cigarette, cigarette?

— Ce panier est donc bien lourd! Moi qui ai un fichu mal de dos, en plus...

Je suis noyée dans une odeur indescriptible. Je dois me concentrer pour ne pas vomir. Et surtout pour ne pas bouger, ne pas hurler pendant que le panier avance lentement vers l'inconnu.

— Monsieur Réal! Monsieur Réal! Monsieur Réal!

— Oui, Armand?

— Je me suis coupé! Mon doigt!

— Bon, montre-moi ça... Une petite éraflure. Ce n'est rien! Viens, on va aller au poste des infirmières.

David et moi sortons nos têtes des paniers en même temps, la bouche grande ouverte pour aspirer une grande bouffée d'air. Mais la vision apocalyptique qui s'offre à nos yeux nous coupe le souffle. Devant nous, une dizaine de vieillards se bercent avec allégresse, les yeux écarquillés, comme s'ils venaient de voir des clowns sortir d'une boîte à surprise. Ils vont sûrement crier! Appeler au secours! Ça y est, nous sommes cuits! David, les cheveux hérissés, le chandail froissé, se redresse lentement. Il leur fait signe de

se taire en posant l'index sur sa bouche.
Les chaises berçantes s'arrêtent. Les patients se taisent. Je n'ose pas bouger.
Tel un commandant d'armée, David les observe. La lueur verte de son regard semble les caresser l'un après l'autre. Son sourire complice illumine d'un seul coup la tristesse de la pièce. L'instant est irréel.

— Marie! Viens, on peut s'en aller.

— Mais... qu'est-ce qui arrive?

— Rien. Dépêche-toi!

Un des aînés se lève, appuyé sur sa canne. D'une voix tremblotante, il murmure:

— Je suis honoré qu'un ange soit venu parmi nous.

Et il se rassoit. David devient écarlate. Les patients, eux, éclatent de rire. Je ne peux m'empêcher de rire, moi aussi. Quand je pense que, pendant quelques minutes, j'ai ressenti un je-ne-sais-quoi de céleste. Mais il n'y a rien de plus humain que ces vieillards inoffensifs qui se bercent de nouveau, contents de retrouver leur quiétude. Certains fredonnent des airs d'autrefois, d'autres gesticulent dans le vide en s'adressant à des interlocuteurs imaginaires. Le vieil homme à la canne, lui, fait son signe de la croix plusieurs fois en nous souriant, puis il se met à crier. Presque aussitôt, plusieurs patients l'imitent. Cette cacophonie devient vite insupportable. En définitive, nous sommes bel et bien dans un hôpital pour les fous. Pas au paradis.

Je suis vraiment tannée. Au diable l'agent de sécurité zélé! Les vieux aliénés! Les préposés! Si près du but et perdue. Tourner à droite ou à gauche ? Monter ou descendre ? Avancer ou reculer ? Rire ou pleurer ? J'ai le cœur chamboulé, mais la volonté aiguisée. Je veux retrouver mon père. Avec ou sans le divin David.

— Marie, attends-moi, tu marches trop vite.

— Je suis pressée. Mais tiens ! l'ange qui sait tout, montre donc le chemin à une pauvre brebis égarée.

— Justement, je crois me souvenir où se trouve la cafétéria. Pas loin d'ici. De là, on se renseignera.

Je reste muette. J'ai épuisé mon répertoire de répliques cinglantes. Effectivement, au bout de quelques minutes, l'odeur de graisse nous indique que nous sommes sur la bonne voie.

— Marie, je te l'avais dit ! La cafétéria ! Et voici un panneau qui annonce toutes les directions.

— J'espère que le gros à moustache ne sera pas là.

— Mon éternelle pessimiste !

— J'aime mieux « réaliste ».

Des couloirs, encore des couloirs et toujours des couloirs. J'ai l'impression d'avoir quitté la salle 354 depuis une éternité. Mon espoir se ratatine de nouveau. Mon cerveau se vide. Mes jambes se ramollissent. Je suis devenue un zombie. Tout à coup, une surprenante vision m'arrête. Plutôt un choc. Difficile d'y croire. David a réussi. En grosses lettres, le mot « URGENCE » me fait de l'œil sur une plaque blanche, au-dessus de deux portes battantes. Je ne sais pas quoi dire ni quoi faire. Je suis contente. Un peu inquiète quand même. Et si mon père n'était pas là ? Qu'il passe des tests ailleurs, dans une autre aile de l'hôpital ? Mais la joyeuse perspective d'enfin pouvoir lui dire que je l'aime l'emporte et me donne des ailes. Du courage aussi, car une folle idée me traverse l'esprit : dire merci à David. J'ai même envie de l'embrasser. Je ne sais pas si je vais oser.

— Bon, Marie, je te laisse ici. Dépêche-toi !

— David, je voulais te dire...

— Pas la peine, ça m'a fait plaisir.

J'ose prendre sa main. Son regard rassurant m'encourage, m'invite même, je crois. Je fais deux pas vers lui, son visage est tout près du mien. Je ferme les yeux. Mes lèvres moites frôlent les siennes, presque glacées, et nos bouches se touchent, se savourent un court instant. Moment magique! David me sourit et, d'une main hésitante, il caresse mon visage brûlant.

— Je vais penser à toi, Marie.

— S'il te plaît, viens avec moi!

— Il faut que je parte. Absolument.

— Pourquoi?

Il baisse la tête sans répondre. Abandonne ma main. Murmure quelque chose que je ne comprends pas. Puis il se retourne et disparaît aussi vite qu'une étoile filante. Je reste un instant sans bouger. Un mélange d'émotions contradictoires m'empêche d'agir. Il faut pourtant que je pousse ces portes, que je continue ma quête, sans David. Même si le goût de ses lèvres m'étourdit encore et que des papillons mystérieux tourbillonnent dans mon ventre.

7

Douce lumière

Les portes de l'urgence se referment derrière moi. Mes yeux naviguent dans tous les sens, mon cœur aussi. Ouf! À première vue, pas de danger ! La salle est remplie de soleil, malgré les lourds grillages qui obstruent les fenêtres. Contre des murs couleur turquoise, de nombreuses chaises sont adossées, quelques tables et un crucifix complètent le mobilier. Et, là aussi, des gens se bercent, les yeux vides. Il n'y a pas beaucoup de bruit : quelques grincements de chaises, deux ou trois toussotements. Parfois un soupir. J'essaie de repérer mon père parmi ces malades. Sans pleurer, j'avance lentement. Au milieu de la salle, j'aperçois une silhouette qui pourrait être la sienne, celle d'un homme grand, le dos courbé, immobile sur sa chaise berçante. Sa tête est enfouie entre ses mains. Je reconnais sa robe de chambre quadrillée bleu et blanc, avec pantoufles assorties. Pas de doute, c'est lui.

— Papa ?

Il lève la tête. Son regard absent me transperce. Me reconnaît. Enfin, il me sourit. Miracle !

— Marie ? Qu'est-ce que tu fais ici ?

Trop, c'est trop ! J'éclate en sanglots ! Tendrement, mon père m'enlace de ses bras puissants de père, ceux qui me rassurent, qui me consolent. Mais quand je le regarde droit dans les yeux, je réalise avec stupeur à quel point il a l'air malheureux.

— Tu fais un genre de... dépression ? Comme Denise, notre voisine, quand son mari est mort ?

— Non, Marie.

— Tu travailles peut-être trop! Un de nos professeurs remplaçants nous a expliqué qu'un de nos problèmes de société, c'est le surmenage, l'épuisement professionnel.

— Tu en connais des choses, toi! Mais il ne s'agit pas de cela non plus.

— Alors, qu'est-ce que c'est? Depuis quand es-tu… malade?

Mon père pousse un profond soupir. Il m'explique que ses inquiétudes sont devenues extrêmes, qu'il ressent parfois une tension violente à la gorge, comme s'il avait un boa constricteur autour du cou. Et qu'il ne peut plus vivre avec ces sensations. Un psychiatre lui a expliqué qu'il souffre d'un trouble d'angoisse, une névrose, qui est une affection psychologique ou, parfois, biochimique. Le médecin l'a assuré que cette maladie perturbe peu la personnalité et la vie sociale, et qu'elle se traite bien. Mais mon père a besoin de temps pour guérir. Et surtout, il lui faut beaucoup d'amour…

— Papa, qu'est-ce que ça veut dire «névrose»?

— Quand une personne est consciente de sa maladie mentale, elle souffre d'une

névrose. Et lorsqu'elle n'est pas consciente de son état, c'est une psychose.
Et je suis conscient que tu devrais être
à l'école, non?

Je ris et le serre très fort contre moi.
Mon père m'a un peu rassurée. Il souffre,
mais les médecins vont le soigner. Dans
quelques jours, quelques semaines, il
sera de retour à la maison. Heureux
comme avant. Guéri de ces maux qui
font peur. Loin des mots compliqués.
Comme dans le film *Un homme d'excep-
tion*, où un scientifique atteint de «schizo-
phrénie», un mot bien compliqué, gagne
un prix prestigieux. Mon père va gagner,
lui aussi, parce qu'il est soigné dans un
hôpital qui, finalement, est un hôpital
comme les autres. Sans monstres ni sorcières.

— Viens, Marie, on va essayer de
joindre ta mère au téléphone, à son travail. Peut-être que la secrétaire de l'école
lui a déjà téléphoné, pour signaler ton
absence.

— J'espère que non.

Nous marchons tous les deux vers le
poste des infirmières. Mon père n'est
pas fâché du tout contre moi. Par contre,

l'infirmier est plutôt contrarié. Ma maman, elle, soulagée. La secrétaire de l'école venait à peine de la prévenir et, déjà, ma chère mère imaginait le pire! Alors, comme il sait si bien le faire, mon père l'a rassurée. Et moi, près de lui, je me sens invincible...

La réaction de ma mère est vraiment «cool». Pas d'engueulade à propos de ma petite escapade. Bien sûr, j'ai dû donner tous les détails: pourquoi? avec qui? qui est-ce?... Et lui promettre de ne jamais recommencer. Je lui ai dit toute la vérité. Presque! Je n'ai pas parlé du baiser. Comment lui expliquer cette pulsion extraordinaire qui m'a poussée vers ce garçon étranger? Pourquoi essayer de mettre en mots cette sensation indescriptible? Mon premier baiser n'est qu'à moi. C'est un merveilleux secret... Soudain, le téléphone m'arrache à mon rêve.

— Marie! C'est Sarah.

— Sarah! Devine quoi?

— Ouais! On se la coule douce...

— Si tu savais la journée que j'ai passée, j'en ai long à te raconter !

— J'arrive ! En même temps, je t'apporte tes devoirs et tes leçons.

— Aïe ! C'est pas nécessaire…

L'amitié ! Quelle belle soirée ! Bien calée dans un nuage d'oreillers, Sarah m'écoute religieusement. Moi, je n'arrête pas de bouger. Et je parle, j'explique, je mime. À elle, je lui dis tout, même le baiser. Nous rions comme des folles. Nous oublions l'école. Ce soir-là, je me couche sans peur, malgré le vent qui cogne à ma fenêtre. Malgré la maladie de mon père. J'ai confiance en mes prières, qui sont plutôt des demandes spéciales adressées à toutes les divinités qui veulent bien, ce soir, m'écouter.

8

Coup du ciel

Devant chez moi, les érables ont perdu quelques feuilles. Le vent d'hier ne les a pas épargnés. Je les regarde de la fenêtre de ma chambre, en buvant mon jus d'orange. Comme c'est étrange! Le plus vieux d'entre eux porte d'énormes nœuds sur ses branches et de profondes trouées sur son tronc, on dirait des boucles de cheveux entourant le visage d'un ange. Une bouche, un nez et des yeux sculptés par les années. C'est bizarre, je ne l'avais jamais remarqué auparavant. La vieillesse l'a transformé, mais il demeure toujours aussi impressionnant! Un peu comme les yeux de nos grands-parents qui sont toujours, malgré le temps, si pétillants!

— Marie! Tu vas être en retard.

— Déjà huit heures?

— Presque. Pour dîner, je prépare une bonne lasagne.

— Super! Ajoute des pepperonis!

— Et pas d'oignons, je sais. Marie, où sont tes lunettes?

Maudites lunettes! Je les déteste! Vive les verres de contact! Mes parents m'ont dit «peut-être», quand j'aurai seize ans. J'aimerais porter des lentilles du même bleu que les yeux de Sarah. Justement, elle m'attend devant Chez Maurice.

— Marie, qu'est-ce que tu fiches? Ça fait dix minutes que je niaise devant le dépanneur.

— Excuse-moi, Sarah.

— As-tu fait tes devoirs?

— En vitesse, ce matin.

— Moi aussi.

Boum! Boum! Boum! Mon cœur accélère devant la cour d'école. Discrètement, je regarde un peu partout. Où est David? J'aperçois Édith qui se pavane en minijupe rouge et chandail moulant, devant son habituel auditoire masculin. Prise d'une impulsion subite, je m'avance vers elle, avec l'envie irrésistible d'être méchante.

— Édith!

Ses jacassements arrêtent. Son sourire mielleux se déforme. Les singes qui la courtisent reculent. Je m'avance vers elle. Ma main fourmille. Mes doigts n'en peuvent plus d'attendre le signal de départ. Une gifle en pleine face! Je rêve de lui en donner une depuis la maternelle! Pourtant, mon bras reste immobile. J'ai beau repasser dans ma tête toutes les vacheries que cette fille m'a faites, ma main refuse de bouger. D'une voix que j'aimerais moins tremblante, je trouve des mots stupéfiants. Ils sortent de ma bouche sans que je puisse les contrôler. Des mots gentils à cette chipie! Au secours!

— Édith! Je voudrais te dire merci.

— Quoi?

— Grâce à toi, j'ai pu voir mon père à l'hôpital.

— Dans l'hôpital pour les fous ! Ils ne t'ont pas gardée ?

— Un hôpital pour les maladies mentales, Édith. Ta mère a dû t'en parler. T'expliquer les différentes maladies, les nombreux traitements. Au Canada, environ une personne sur cinq souffrira d'une maladie mentale au cours de sa vie. Imagine ! Ça pourrait être notre prof d'anglais, la bibliothécaire, le propriétaire du dépanneur, moi ou... toi !

— Heu...

— Et si ça t'intéresse, mon père va guérir. Il dit aussi que ta mère est une excellente infirmière.

— ...

— Salut ! Merci encore !

Édith reste sans voix. Le bec cloué par ma victoire écrasante, sans possibilité de répliques. Je suis moi-même estomaquée, avec la bizarre impression que quelqu'un m'a soufflé tout cela à l'oreille pour que je triomphe enfin de cette créature malfaisante.

— Es-tu devenue cinglée, Marie ?

— Franchement, Sarah, peut-être bien que oui.

L'aura de popularité, autour d'Édith, pâlit un peu. Les garçons, qui ont tout entendu, discutent entre eux, l'air piteux. Quelle victoire ! Je devrais sauter de joie. Pourtant, je me sens toute drôle. Toujours pas de David à l'horizon. Bon ! Pas de panique ! Un retard, ça s'explique ! En pénétrant dans l'école, je me dirige droit vers la classe d'anglais où a lieu notre premier cours. Sarah me suit, au pas de course. J'imagine David, assis à son pupitre, le sourire moqueur. Mais il n'est pas là.

— Bonjour ! Vous déposerez votre devoir sur mon bureau, à la fin du cours. Aujourd'hui, nous allons commencer par...

Blablabla... la voix du prof est encore plus monotone qu'hier, les dizaines de boutons sur son visage semblent vraiment prêts à exploser. Comme mon impatience ! Où est David ?

— J'allais oublier. Un de vos compagnons nous a quittés. Déjà ! David Laforest a dû déménager subitement.

— Quoi?

J'ai crié, presque hurlé. Toute la classe a les yeux braqués sur moi. Le prof me regarde, surpris.

— Marie, en fait, je n'ai pas beaucoup de détails. Il semblerait que la mère de David, à cause de son travail, doit changer de ville très fréquemment. J'avoue que ce départ rapide est assez exceptionnel.

— Quel travail?

Je ne me reconnais plus. Mon ton est insolent. Revendicateur.

— Marie, je ne sais pas très bien. Elle est employée dans l'aviation, je crois... Ou peut-être dans une agence spatiale... Ou dans l'armée de l'air. Tout ce dont je suis certain c'est que son travail a un rapport avec le ciel.

Et ce gros lourdaud éclate de rire. Suivi par les ricanements méchants des élèves qui bourdonnent dans la pièce. Je suis au bord des larmes. Désespérée. Le professeur s'en aperçoit. Il rétablit le calme, tandis que je m'enfuis loin dans ma tête. Très loin, là où personne ne peut me faire de mal.

— Marie, viens avec moi! Je dîne chez Loulou Snakbar.

— Une autre fois, Sarah. Ma mère m'attend.

Comment ai-je pu survivre à cet avant-midi d'enfer à l'école? Mes jambes arrivent à peine à me traîner. Devant chez moi, sur le trottoir parsemé de feuilles, je commence à grelotter de détresse. David s'est envolé! Hier, pourtant... Je touche mes lèvres, marquées à jamais par son baiser. Instantanément, des frissons électrisent mon dos et ma nuque se réchauffe d'une douce chaleur. Sur ma joue, je ressens comme un chatouillement, presque une caresse. Qu'est-ce que c'est? Derrière mon épaule, une minuscule branche frétille, remuée par le vent. Celle du vieil érable. Mon imagination débordante me fait sourire.

— Marie! Dépêche-toi de rentrer! J'ai une bonne nouvelle.

Je regarde en direction de la maison. Sur le perron, ma mère m'accueille avec un sourire triomphant. Et celui-ci est

contagieux, malgré la mélancolie qui m'habite.

— Ton père vient de téléphoner de l'hôpital. Il se sent déjà beaucoup mieux. Un vrai miracle!

Mon père sera bientôt à la maison, comme avant! La porte se referme doucement sur notre bonheur. Je prends une immense respiration. De nouveau, je ressens une douce chaleur dans mon dos. Je me retourne. Le vieil érable resplendit sous les reflets du soleil automnal, qui saupoudrent avec grâce son écorce de petites pépites d'or. Et autour de ses crevasses, s'étend délicatement une mousse verte, plus lumineuse qu'une émeraude. La même fascinante couleur que…

— Marie! J'avais oublié! David t'a téléphoné. Il a dit qu'il te rappellerait ce soir, vers sept heures.

Table des matières

Dominique Tremblay

Dominique Tremblay a un rêve qui l'habite depuis qu'elle est toute petite. Il l'a accompagnée à l'université en création littéraire, puis, patiemment, il est resté en elle à attendre le bon moment. Et maintenant il est là, son premier roman, lui chuchotant à l'oreille qu'il faut croire en ses rêves, même les plus fous! Elle a choisi le thème de la maladie mentale, car elle connaît bien le sujet. Elle a travaillé à l'hôpital Louis-Hippolyte-Lafontaine pendant plusieurs années comme préposée aux bénéficiaires. Dominique a un fils de treize ans. Elle habite depuis toujours à Montréal, dans le quartier qu'elle décrit dans *À la folie!*

Derniers titres parus dans la
Collection Papillon